Golo macht Urlaub

Britta Schwarz wurde 1966 im Auetal geboren, wo sie noch heute mit ihrer Familie lebt. Sie arbeitete in einer Bank und veröffentlichte Glossen und Kurzgeschichten, bevor sie begann Kinderbücher zu schreiben.
Im Carlsen Taschenbuch ist von Britta Schwarz außerdem der Titel *Golo zieht um* (CTB 340) lieferbar.

Britta Schwarz

Golo macht Urlaub

Mit Illustrationen von
Regina Hofstadler-Lienerbrünn

CARLSEN

Veröffentlicht im Carlsen Verlag
Juni 2006
Mit freundlicher Genehmigung des Ueberreuter Verlages

Umschlagbild: Barbara Scholz
Umschlaggestaltung: Kerstin Schürmann, formlabor
Corporate Design Taschenbuch: Dörte Dosse
Gesetzt aus der Concorde von Dörlemann Satz, Lemförde
Druck und Bindung: GGP Media GmbH, Pößneck
ISBN-13: 978-3-551-36341-1
ISBN-10: 3-551-36341-2
Printed in Germany

Wo ist das Museum hin

Es rumpelte und wackelte, es ratterte und knatterte. Golo, das grüne Gespenst, schlug erschrocken die Augen auf. Um ihn herum lagen Hefte und Bücher und zerknülltes Butterbrotpapier.

»Wo bin ich?«, murmelte Golo verschlafen. Hier sah es überhaupt nicht wie in seinem Zuhause aus.

Wie alle Gespenster, die etwas auf sich halten, wohnte Golo in einem Bild. Das war ein prächtiges Gemälde mit einem Wald darauf und einem See. Mitten auf einer Lichtung stand eine hölzerne Forsthütte. Genau dort hauste Golo – wenn er nicht gerade durch das Museum spukte, in dem sein Bild hing.

Golo besaß zwar eine Menge Bücher, aber keine Menschenbücher wie diese hier, die so schwer waren, dass sie ihn klitzeklein zusammenquetschten. Gespensterbücher waren federleicht. Golo legte

sich gerne auf sein Bett und las. Das war sehr bequem. Er brauchte nur zu sagen, welches Buch aus dem Regal er gerade haben wollte. Dann schwebte es heran und blieb vor ihm in der Luft stehen. Die Seiten blätterten sich von alleine um und Golo kuschelte sich dabei unter seine Bettdecke. Wenn er müde wurde oder keine Lust mehr zum Lesen hatte, klappte sich das Buch wieder zu und flog zurück ins Regal.
Ein Heft gab es auch in Golos Forsthaus. Dort hinein kritzelte er alle neuen Spuktricks, die ihm einfielen. Weil es natürlich ein ganz spezielles Gespensterheft war, malten sich von selbst Bilder dazu, auf denen Golo sehen konnte, ob sein Trick auch wirklich funktionierte.
Und Butterbrotpapier? Nein, so etwas besaß Golo auch nicht. Butterbrotpapier verteilte er im Museum, wenn er beim Spuken die Mülleimer umkippte, weil die so schön laut schepperten. Dann kullerte alles, was darin war, lustig über den Fußboden und es gab eine herrliche Sauerei. Hui, das machte Spaß! Am meisten Spaß machte es, wenn Golo dann abends die Putzfrau beobachtete, die vor sich hin schimpfte und Bananenschalen und

Kaugummis und das Butterbrotpapier wieder zusammenräumte.
Golo selbst aß keine Butterbrote. Gespenster essen niemals irgendetwas. Es bekommt ihnen nicht. Davon kriegen sie Bauchweh und laufen von oben bis unten drei Tage lang lila an. Gespenster werden auch nur selten hungrig. Alle paar Wochen, wenn ihr Bauch immer lauter zu knurren beginnt, suchen sie nach einem Menschen, der gerade etwas Leckeres zu essen hat. Dann schnuppern sie an einem Käse oder an einem Salat oder auch mal an einem Schokoladenriegel. Und eins, zwei, drei – werden sie satt dabei.

Golo merkte, dass es in seinem Bauch genau in diesem Moment ein wenig zu rumoren begann. Das Papier neben ihm roch aber auch zu lecker. Nach einem Mettwurstbrot! – Da fiel ihm plötzlich alles wieder ein! Er hatte es sich ja zu einem Nickerchen in einem Schulranzen gemütlich gemacht. Der gehörte dem Jungen Marco, der mit seiner Klasse zu einem Ausflug ins Museum gekommen war.

Als einziges Gespenst im ganzen Museum hatte Golo alle Hände voll zu spuken. Jeden Tag kamen der Museumsdirektor und viele Besucher. Die mussten ein bisschen gezwickt und gezwackt, erschreckt oder geärgert werden. Das war anstrengend! So anstrengend sogar, dass Golo kaum noch ein Spuk gelingen wollte. Selbst zum Fliegen fühlte er sich zu müde. Er mochte nicht einmal mehr bis zu seiner Lieblingsritterrüstung schweben, um sich darin zu verstecken. Jetzt hatte er, schon seit Tagen schlecht gelaunt, mit grimmigem Gesicht in seinem Bild gehockt.

Ach, er brauchte dringend Urlaub … Wie gut, dass er Marco und seinen Freund heimlich belauscht hatte. So hatte er erfahren, dass morgen der letzte

Schultag vor den Ferien war und Marco gleich am Nachmittag verreisen wollte. Mit einem Flugzeug nach Griechenland. Das gab bestimmt einen lustigen Urlaub. Auch für ein müdes Gespenst!

Also war Golo *schwuppdiwupp* in Marcos Ranzen geschlüpft. Er würde einfach mitfliegen, jawohl! Es musste ja niemand bemerken.

Gespenster spuken nämlich am liebsten heimlich. Viele Menschen mögen keine Gespenster und manche machen sogar Jagd auf sie, um sie mit einem Furcht erregenden Auflöse-Gebräu für immer in Luft zu verwandeln. Damit diese Gespensterjäger sie nicht erkennen, verwandeln sich alle Gespenster, wenn sie aus ihrem Bild herausfliegen, in eine Reisegestalt.

Und das tat natürlich auch Golo. Wenn Marco in seinen Ranzen guckte, dann fand er zwischen den Schulsachen nicht etwa ein grünes Gespenst. Nein, jetzt sah Golo genauso aus wie ein Flummi, und zwar wie ein leuchtend grüner, wunderbar knautschiger Superhochspring-Flummi. So konnte ihn kein Gespensterjäger der Welt jemals finden.

Marcos neuer Flummi kullerte hinter dem Butterbrotpapier hervor. Er musste unbedingt mal nachschauen, warum es hier so rumpelte und wackelte. Langsam schwebte er bis zum Deckel des Ranzens und spähte vorsichtig durch einen kleinen Schlitz nach draußen. Es waren aber nur lauter Kinderbeine zu sehen, die im Takt des Knatterns hin und her wackelten.

»Nächste Station: Waldstraße«, sagte da eine Männerstimme.

Aha, die Schule war also schon zu Ende. Golo hatte wohl wirklich tief und fest geschlafen. Er hatte gar nicht gemerkt, dass Marco sich auf den Heimweg gemacht hatte und in einen Bus gestiegen war.

»Also, dann tschüs bis morgen«, sagte Marco zu seinen Freunden. Er schnappte den Ranzen und Golo purzelte rückwärts gegen Marcos Schlampermäppchen.

»Autsch! Kannst du nicht aufpassen?«, rief er. »Am Ende verletze ich mich noch und kann nicht mit in den Urlaub fliegen!«

Zum Glück ratterte der Motor des Busses so laut, dass Marco das ärgerliche Gespenstergrollen nicht hörte. Er setzte den Ranzen auf seinen Rücken und sprang aus dem Bus auf den Bürgersteig.

Jetzt wurde es ruhiger. Golo wippte mit jedem von Marcos Schritten und hatte den unsanften Sturz bald vergessen. Leise begann er sein Lieblingslied vor sich hin zu summen:

Pfeift der Wind nachts um dein Haus,
kommen die Gespenster raus.
Tanzen einen wilden Reigen
zwischen Bäumen, Ästen, Zweigen.
Fliegen dann zum Fenster hin
und schon sind sie mittendrin.
Räumen dir dein Zimmer auf,
so lautet der Gespensterbrauch.

Golo freute sich schon auf Marcos Zimmer. Was es dort wohl alles zu entdecken und aufzuräumen gab?

Gespenstersp iele

Marcos Mutter öffnete die Haustür.

»Das Mittagessen ist fertig«, sagte sie. »Du kannst gleich in die Küche kommen.«

»Ich bringe nur schnell die Schulsachen weg.« Marco rannte in sein Zimmer, warf den Ranzen mit Schwung aufs Bett und öffnete den Deckel.

Golo musste zwinkern, weil es auf einmal ganz hell um ihn wurde. Schon fassten zwei Kinderhände nach ihm und hoben ihn heraus.

»Schau mal, was ich hier habe!«, rief Marco. Er schleuderte Golo mindestens zehn Mal hoch in die Luft und fing ihn geschickt wieder auf.

»Wo hast du denn den Flummi her?«, fragte die Mutter.

»Der war in der Pause auf einmal in meinem Ranzen«, sagte Marco. »Und nun gehört er mir.«

»Ach, Marco, du kannst doch nicht einfach

jemandem etwas wegnehmen«, sagte seine Mutter.
»Hab ich nicht, ehrlich!« Marco warf Golo mit einem *Rrromms* gegen die Wand, dass es dem ganz schwindlig wurde. Benommen hüpfte und trullerte er über die Küchenfliesen. Oje, manchmal konnte es ziemlich anstrengend sein, wenn man wie ein grüner Flummi aussah …
»Der ist bestimmt nicht von alleine in deinen Ranzen geflogen«, sagte die Mutter streng.
»Und ob er das ist!«, flüsterte Golo und kicherte ein mucksmäuschenstilles Gespensterkichern.
»Jedenfalls weiß ich nicht, wo er herkommt«, sagte Marco und legte Golo auf die Spüle.
Seine Mutter seufzte. »Na schön. Morgen fragst du in der Schule, wem er gehört. Und nun wollen wir essen.«
Am liebsten wäre Golo ein bisschen auf den Tisch geflogen. Dort gab es Spaghetti mit Tomatensoße und es duftete ganz herrlich. Aber er traute sich nicht. Wenn Marcos Mutter sah, dass dieser Flummi doch fliegen konnte, brachte sie ihn bestimmt sofort weg. Also kullerte er nur vorsichtig, so dass es keiner bemerkte, über die Spüle.

Da stand eine Flasche, der Deckel war offen. Golo schwebte auf der Flaschenrückseite nach oben und kippte sie leise um. *Igitt!* Was für ein ekliges gelbes Zeug lief denn da heraus? Golo wollte schnell zur Seite rollen, doch da hatte die klebrige Flüssigkeit ihn schon erreicht. Ehe er sich's versah, landete er auf dem Fußboden und fand sich mitten in einer Pfütze wieder. Immer mehr Tropfen fielen auf ihn herab und die Pfütze wurde immer größer.

»Nun sieh dir diese Bescherung an!«, rief Marcos Mutter. Ärgerlich schob sie ihren Teller weg und sprang auf. »Hast du den Flummi gegen die Spülmittelflasche geworfen? Alles ist voll geschmiert!«

Marco war gerade dabei, genüsslich eine Nudel in seinen Mund zu saugen. Erschrocken ließ er sie wieder auf den Teller plumpsen. »Aber ... aber«, stammelte er, »ich ... hab ihn doch da nur hingelegt ...«

»Das sehe ich«, brummte die Mutter. »Pass nächstes Mal besser auf, in Ordnung? Den Flummi kannst du auch gleich abwaschen, der ist voller Spüli.«

Armer Golo! Er war über und über mit dem gelben Zeug eingeschleimt. Es klebte an ihm fest und er konnte sich gar nicht mehr bewegen. Golo hasste Putzmittel! Eine richtige Menschenstinke war das, jawohl. Ganz übel wurde es einem Gespenst davon. Und als ob das nicht schon schlimm genug gewesen wäre, landete er nun auch noch unter dem Wasserhahn. Dabei wusch er sich niemals! Er konnte sich kaum entscheiden, was er schlimmer fand: das klebrige Spülmittel oder das kalte Wasser, mit dem Marco ihn überschüttete. Am aller-

schlimmsten aber war, dass Golo nicht einmal laut fluchen durfte. Nur gut, dass er es bald überstanden hatte.
Marco trocknete ihn mit einem Geschirrtuch ab. Das tat gut!
»Spiel besser draußen oder im Kinderzimmer mit dem Flummi«, sagte die Mutter.
Golo fand dies eine sehr gute Idee. Zum Glück meinte Marco das wohl auch. Er trug Golo in sein Zimmer und stopfte ihn in eine Spielzeugkiste.
»Hier bleibst du jetzt erst mal«, sagte er. »Ich habe deinetwegen schon mächtig Ärger bekommen.«
Dann drehte er sich um und ging weg.
Endlich allein! Golo wartete lieber noch eine Weile – und als alles still war, schwebte er aus der Kiste und schaute sich um. Was war denn auf Marcos Schreibtisch los? Dort standen eine Menge merkwürdige Geräte herum.
So etwas hatte Golo noch nie gesehen. Eines war ein grauer Kasten mit Knöpfen dran. Im zweiten bewahrte Marco Papier auf. Warum gab es bloß an diesem Papier-Aufbewahr-Kasten auch Knöpfe? Das dritte Gerät war voller Buchstaben und Zahlen und das vierte hatte vorne eine Glasscheibe

und sah aus wie ein Bild. Nur war dieses Bild ganz schwarz, man konnte nichts darauf erkennen. Das fünfte Gerät schließlich war sehr klein, ein langes Kabel war daran befestigt. Dieser Mini-Kasten musste etwas ganz Besonderes sein. Marco hatte ihn sorgsam auf eine hübsche Unterlage gelegt, auf der eine winkende Maus mit riesigen Füßen zu sehen war. Was konnte man mit diesen Sachen bloß anfangen? Golo beschloss es herauszufinden.
Er drückte abwechselnd auf die Knöpfe. Einen Augenblick lang passierte nichts. Dann ertönte ein leises Klack und der graue Kasten begann zu brummen. Auf einmal waren auf dem Bild ein großer Hund und alle möglichen Zeichen zu sehen! Golo drückte immer weiter auf die Knöpfe und tippte auf die Buchstaben und Zahlen. Das machte Spaß!
Das Bild schwirrte hin und her, der Papier-Aufbewahr-Kasten ratterte und spuckte ein Blatt nach dem anderen aus.
Ach, schade. Nun hatten die Geräte wohl keine Lust mehr, mit Golo zu spielen. Das Rattern hörte auf und auf dem Bild war plötzlich etwas Seltsames zu sehen. Dort stand

ERROR

Golo kriegte es einfach nicht mehr weg, egal auf welchen Knopf er drückte.
Dann spielte er eben etwas anderes! Auf dem Fußboden lag nämlich eine Autobahn mit drei winzigen Autos. Und sogar hier gab es einen kleinen Kasten mit Hebeln und Knöpfen. Oh, Marco hatte wirklich feine Sachen in seinem Zimmer! Als Golo einen Hebel umlegte, rasten die Wagen sofort los. Toll, sie drehten ja einen Looping! Ob sie mit Gespensterkraft wohl noch ein bisschen schneller fahren konnten? Golo setzte sich auf das grüne Auto, denn das gefiel ihm am besten. Dann pustete er aus Leibeskräften und los ging die wilde Fahrt.
Leider fuhr das Auto rückwärts, weil Golo in die falsche Richtung gepustet hatte. Und leider raste es nicht sehr lange über die Autobahn. Bald begannen nämlich die Räder zu qualmen und auch der kleine Kasten mit den Hebeln und Knöpfen. Golo flog mitsamt dem Auto im hohen Bogen durchs Zimmer.
»Superspukig gut!«, rief er und probierte es gleich noch einmal mit dem nächsten Auto. Der kleine Kasten qualmte immer mehr und begann laut zu

summen. Als Golo auch mit dem dritten Auto durchs Zimmer geflogen war, loderte sogar eine Flamme daraus hervor. Die war hübsch anzusehen. Trotzdem pustete Golo sie wieder aus, schließlich wollte er nichts kaputtmachen.

Golo gähnte. Gespensterspiele machen müde.

Zum Glück hing über dem Bett ein Bild. Das war zwar nicht so schön wie Golos eigenes Gemälde im Museum, aber für ein Nickerchen wie gemacht. Ein wuscheliger brauner Hund war darauf zu sehen. Der schaute fast aus wie der Hund im Kasten

auf dem Schreibtisch. Zumindest wie der Kastenhund ausgesehen hatte, bevor Golo angefangen hatte damit zu spielen. Denn jetzt war er ja verschwunden und dieses komische »ERROR« blinkte Golo immer noch entgegen.
Da flog er besser schnell in das hübsche Bild über dem Bett und kuschelte sich in das weiche Hundefell.

Marco war's

Golo schwebte hoch und immer höher, bis in die Wolken hinein. Dort oben flog gerade ein Flugzeug vorbei. Golo sprang auf einen der Flügel. Dieses Flugzeug brachte ihn nach Griechenland, ganz sicher!
Doch plötzlich ertönte Marcos Stimme: »Mama! Maamaa!« Das Flugzeug verschwand und Golo purzelte zurück in das weiche Hundefell, in dem er es sich gemütlich gemacht hatte. Wie schade, er hatte wohl nur geträumt …
Konnte ein müdes Gespenst denn nicht einmal in Ruhe ein Nickerchen machen? Golo verstand einfach nicht, warum Menschen immer so einen furchtbaren Lärm veranstalteten.
Marcos Mutter kam ins Zimmer gerannt. »Was ist denn los?«
»Meine Rennbahn ist kaputt!«, schluchzte Marco. »Allen Autos fehlen die Reifen und die Fernbedienung ist ganz verkohlt!«

Die Mutter hob ein Auto auf und schaute es sich an. Tatsächlich. Es sah aus, als ob die Reifen geschmolzen wären. »Wie hast du das bloß hingekriegt?«, fragte sie.

Marco schüttelte den Kopf. »Ich bin doch gerade erst vom Spielen reingekommen. Das war ich nicht!«

»Junge, du bist richtig komisch heute. Macht das die Aufregung, weil wir in den Urlaub fliegen?«

»Und der Computer funktioniert auch nicht mehr!« Marco zeigte zum Schreibtisch.

»Nun reicht es aber!« Seine Mutter klang ein bisschen ärgerlich. »Willst du hier unbedingt noch alles durcheinander bringen, bevor es morgen losgeht?«

Marco schüttelte noch einmal den Kopf, diesmal ganz heftig. »Indianerehrenwort! Mit dem Computer hab ich heute auch noch nicht gespielt!«

Die Mutter brummte etwas, das Golo nicht verstand – und ging aus dem Zimmer.

Marco seufzte und setzte sich vor den Computer.

Nun wusste Golo also, wie man die merkwürdigen Geräte nannte, die auf dem Schreibtisch standen.

Aber warum sah Marco so traurig aus? Sogar eine Träne kullerte über seine Wange. Dabei machte es doch solchen Spaß, zu spielen! Golo musste sich unbedingt ganz schnell etwas einfallen lassen, damit Marco wieder lachte.
Und da hatte er auch schon eine Idee! Marco sah gerade nicht her, also schlüpfte Golo heimlich aus dem Hundebild. Der grüne Flummi kullerte bis unter den Schreibtischstuhl. Er strengte sich sehr an, zitterte – und begann zu schrumpfen. Immer kleiner wurde er, bis er sogar winziger war als eine Mücke.
Nur mit einer Lupe hätte Marco ihn jetzt noch sehen können. Aber Marco hatte keine Lupe. Darum bemerkte er auch nicht, wie der klitzekleine Flummi auf seine Sandalen hüpfte und zwischen seine nackten Zehen krabbelte. Eine grüne Minihand packte nach dem großen Zeh und kitzelte daran.
Hurra! Es klappte! Marco kicherte! Und weil das so lustig klang, kitzelte Golo ihn gleich noch einmal. Wie ein kleiner grüner Blitz flitzte er zwischen den Zehen hin und her.
Da fasste der kichernde Marco nach seinem Fuß.

Eine riesige Hand mit ebenso riesigen Fingern kam auf Golo zugerast. Er konnte gerade noch zur Seite fliegen. Mit einem Satz landete er wieder in der Spielzeugkiste, in die Marco ihn gestopft hatte.

Puh, war das anstrengend! Golo zählte bis drei – und verwandelte sich zurück.

Marco saß immer noch am Schreibtisch. Nun sah er schon gar nicht mehr so traurig aus. Er drückte auf alle möglichen Computerknöpfe, ganz so, wie Golo es auch getan hatte. »Ja! Geschafft!«, rief er. Auf der Glasscheibe war wieder der braune Hund zu sehen.

»Ja! Geschafft!«, freute sich auch Golo, allerdings so leise, dass Marco ihn nicht hören konnte. Er war stolz auf sich. Der Kitzel-Spuk hatte prima geklappt!

Die Tür ging auf und Marcos Mutter trug einen großen Koffer ins Kinderzimmer. »Wir wollen packen«, sagte sie.

Golo sah zu und staunte, als sie den Kleiderschrank aufschob. Marco hatte viele Anziehsachen! Die passten bestimmt nicht alle in den Koffer. Die Mutter kramte zwischen T-Shirts und

Hosen und Unterwäsche und legte alles sorgfältig zusammen.
Golo war froh, dass er kein Reisegepäck mitnehmen musste. Ein grüner Flummi brauchte in Griechenland kein T-Shirt und auch keine Hose. Spannend wurde es, als die Mutter den Kofferdeckel zuklappte. Das heißt, sie versuchte ihn zuzuklappen. Aber der Koffer beulte sich nach allen Seiten aus und wollte offen bleiben.
»Setz dich bitte mal drauf«, sagte sie zu Marco.
Der sprang mit einem Satz auf den Koffer – und endlich schnappten die Verschlüsse zu.
Das wollte Golo auch ausprobieren! Er wartete, bis Marco am Abend ins Bett gegangen war. Dann schwebte er aus der Spielzeugkiste und flog einmal um Marco herum. Der lag unter seiner Decke, schnarchte leise und schlief tief und fest.
Golo sauste zum Koffer und ließ die Schnappverschlüsse aufklappen. Kein Wunder, dass der so schwer zugegangen war. Da lagen viel zu viele Anziehsachen drin! Golo zog zwei Schlafanzüge heraus, ein Paar Turnschuhe und eine Jeans, eine grün-weiß gestreifte Badehose und vier T-Shirts. *Schwups,* klappte er den Deckel wieder zu. Na

also! Jetzt ging es schon viel leichter. Marco freute sich bestimmt, dass Golo ihm half und der Koffer leichter wurde!

Nur, eigentlich waren die Sachen ja viel zu schade, um dort auf dem Fußboden zu liegen. Golo schnappte sich die Badehose und ein T-Shirt mit einem lustigen Monster drauf und flog damit zum Bild über dem Bett. Als er die Glasscheibe be-

rührte, tauchte er in das Bild ein. Aus dem grünen Flummi wuchsen zwei grüne Arme und ein grüner Gespensterkopf und schließlich ein ganzer grüner Gespensterkörper. Golo zog sich das T-Shirt über den Kopf. Es war ein bisschen zu groß. Aber die Badehose passte genau.

Das musste er gleich noch einmal machen! Er flog hin und her und zog sich Marcos Schlafanzüge an, die Turnschuhe und die Jeans. Das war ein spukiges Spiel! Und im Koffer gab es ja noch viel mehr Sachen – und erst im Kleiderschrank!

Als Golo endlich müde wurde vom vielen Anprobieren, war der Koffer leer und der Kleiderschrank auch. Auf dem Fußboden lag ein Riesenberg Anziehsachen. Golo gähnte. Nein, jetzt hatte er überhaupt keine Lust, alles wieder wegzuräumen. Das würde er im Gespenstertempo erledigen, bevor Marco morgen Früh aufwachte. Jetzt wollte er sich erst einmal ein bisschen ausruhen. Also schmiegte er sich gemütlich an den braunen Hund im Bild.

»Was ist denn hier passiert?«, dröhnte die Stimme von Marcos Mutter laut durchs Zimmer.

Oje! Golo war doch eingeschlafen, obwohl er das gar nicht vorgehabt hatte. Nun schien schon die

Sonne durchs Fenster herein. Die Mutter stand vor dem Anziehsachenberg, stemmte die Hände in die Hüften und schaute böse. Sehr böse sogar!
Marco rieb sich verschlafen die Augen. »Das war ich nicht!«, murmelte er verwirrt.
»Wer denn wohl sonst?«, fragte die Mutter. »Gestern die Autorennbahn, heute der Koffer. Was fällt dir eigentlich ein?«
»Keine Ahnung, wie das passieren konnte ...«
»Du weißt genau, dass wir heute Nachmittag losfliegen wollen!«, schimpfte die Mutter. »Sofort nach der Schule räumst du das alles wieder auf!«
»Ja, Mama.« Ein sehr kleinlauter Marco zog sich an und machte sich fertig für den letzten Schultag.
Zum Glück dachte er gar nicht mehr daran, den grünen Flummi zu suchen. Denn der hockte noch viel kleinlauter und blass im Hundebild und schämte sich für seinen Spuk. Jetzt bekam Marco schon wieder seinetwegen Ärger. Das hatte er wirklich nicht gewollt!
Als Golo allein im Zimmer war, raste er blitzschnell aus dem Bild. Wenn Gespenster wollen,

können sie sehr ordentlich sein! Golo wirbelte über die Anziehsachen und nach fünf Minuten war der große Berg verschwunden, der Kleiderschrank eingeräumt und der Koffer zugeklappt. Und ganz oben im Koffer lag ein grüner Flummi und wartete darauf, dass die Reise losging.

Eine Reise im Spukzeug

Es dauerte ziemlich lange, bis wieder jemand ins Kinderzimmer kam. Das war Marco. Endlich hatte er Ferien! Doch nun sollte er den Koffer packen, obwohl er ihn gar nicht ausgeräumt hatte. Das war gemein! Wenn er den erwischte, der das getan hatte! Nur, wer sollte das gewesen sein? Die Eltern bestimmt nicht, die heckten niemals Streiche aus. Und sonst wohnte niemand bei ihnen im Haus. Ob er es doch selbst gemacht hatte? Vielleicht im Schlaf? Marco hatte einmal einen Film gesehen, da war ein Schlafwandler jede Nacht durchs Haus gelaufen und einmal sogar aus dem Fenster geklettert. Richtig unheimlich hatte das ausgesehen …
Aber was war das? *Hurra!* Der Koffer war ja schon fertig gepackt! Nur die Schnappverschlüsse standen noch offen. Das hatte bestimmt seine Mama erledigt.
»Na also«, sagte die Mutter, als sie zur Tür herein-

schaute. »Nun müssen wir uns aber beeilen, damit wir das Flugzeug nicht verpassen.«
Golo schrumpfte sich, so schnell er konnte, wieder winzig klein zusammen, denn jetzt klappte die Mutter den Kofferdeckel auf. »Alles schön ordentlich zusammengelegt«, sagte sie. »Das hast du gut gemacht, Marco.«
»Wieso ich?«, fragte Marco.
»Nun fang nicht schon wieder an!« Die Mutter schüttelte den Kopf und seufzte. Sie schloss den Koffer und trug ihn auf den Flur zu den anderen.
Geschafft! Keiner hatte Golo bemerkt. Er beschloss ein mucksmäuschenstiller Mitflieger zu sein und lieber nicht mehr zu spuken, bis sie in Griechenland ankamen.
Marcos Vater schleppte die Koffer nach draußen und stapelte sie ins Auto. Dann war alles still. Viel zu still, fand Golo, er langweilte sich. Ob er doch mal aus dem Koffer spähte? Nur ganz kurz, denn hier drin war es ziemlich eng für ein Gespenst. Er wollte sich gerade hinauszwängen, da begann der Motor zu brummen. Die Reise ging los!
Gespenster tragen keine Uhren. Golo wollte aber trotzdem wissen, wie lange die Fahrt dauerte, da-

rum fing er zu zählen an: »Ein leises Gespenst, zwei laute Gespenster, drei weiße Gespenster, vier Ohne-Kopf-Gespenster …« Das Auto fuhr und fuhr, und als Golo bei zweitausendfünfhundertundvier gepunkteten Gespenstern angekommen war, ging der Motor aus.

Golos Koffer, der ja eigentlich Marcos Koffer war, wurde herausgeholt und weggetragen. *Rommms* – landete er unsanft auf einem Förderband. Zusammen mit vielen anderen Koffern tuckerte er darauf entlang und wurde schließlich in den riesigen Bauch eines Flugzeugs verfrachtet. Golo konnte von alldem in seinem dunklen Versteck natürlich nichts sehen, er wurde einfach nur hin und her geschüttelt. Bloß gut, dass Marcos Anziehsachen so kuschlig weich waren, sonst hätte er bestimmt lauter grüne Beulen bekommen.

»Das Reisen war auch schon mal bequemer!«, grollte ganz in Golos Nähe eine ärgerliche Stimme.

Das klang ja … wie ein Gespenst! So schnell er konnte, zwängte sich Golo ins Freie. Um ihn herum waren dicht an dicht lauter Koffer gestapelt.

»Hallo, ich bin Golo«, sagte Golo und versuchte das andere Gespenst zu entdecken. »Wer bist du?«
Doch niemand antwortete ihm. Golo quetschte sich durch das Koffergewirr und flog durch den Flugzeugbauch, bis er vor einem großen Käfig ankam. Drin saß ein Affe, ein Schimpanse. Er legte den Kopf schief und schaute den grünen Flummi erstaunt an.
Ob er es wohl gewesen war, der geschimpft hatte? Nein, das konnte Golo sich nicht vorstellen. Es gab zwar Gespenster, die verstanden, was Tiere sagten, aber leider gehörte Golo nicht zu ihnen. Schade, denn er mochte alle Tiere gern. Er rückte noch ein wenig näher an den Käfig, um sich das niedliche Schimpansengesicht mit der platten Nase genauer anzuschauen.
»Nika findet es auch nicht gut da drin«, sagte plötzlich die fremde Stimme.
Golo erschreckte sich so sehr, dass er beinahe zu dem Schimpansen hineinpurzelte.
In diesem Moment begann das Flugzeug zu rollen. Erst langsam, dann schneller und schneller – schließlich hob es ab und stieg steil nach oben.

Golo hatte alle Mühe, sich in der Luft zu halten und nicht doch noch in den Käfig zu fallen.
Genau hinter ihm schwebte ein goldener Schlüsselanhänger und lachte. »Wenn Nika dich zwischen ihre Finger bekommt, hat sie ein prima Spielzeug. Stimmt's, Nika?«

Der Schimpanse schnatterte etwas und streckte eine Hand zwischen den Gitterstäben hindurch und wollte Golo packen.
Golo brachte sich lieber schnell in Sicherheit. Es reichte ihm schon, wenn Marco ihn in die Luft

schleuderte. »Vielleicht möchte Nika ja viel lieber mit einem Schlüsselanhänger spielen?«, fragte er.
Der Schlüsselanhänger lachte jetzt so laut, dass es durch den Gepäckraum dröhnte. »Nein, nein«, gluckste er. »Ich glaube, das wäre nichts für mich. Übrigens heiße ich Friedwart. Bin öfter hier, und du?«
»Zum ersten Mal«, sagte Golo. »Ich will Urlaub machen in Griechenland.«
»Aha«, sagte Friedwart. »Genau wie meine Freundin Wanda.«
»Wanda?«, wunderte sich Golo.
»Das bin ich«, sagte eine piepsige Stimme – und eine Nagelfeile schwebte auf die beiden Gespenster zu.
»Wollen wir zusammen spuken?«, fragte Friedwart.
Golo war begeistert! Gleich zwei andere Gespenster gab es in diesem Flugzeug. Damit hatte er nicht gerechnet. »Ich bin dabei!«, rief er.
Gemeinsam flogen die drei aus dem Flugzeugbauch nach oben zu den Passagieren.
»Kannst du ganz schnell durch die Luft sausen

und dich auch klitzeklein machen?«, wollte Friedwart wissen.
Und ob Golo das konnte! »So schnell und so klein, dass die Menschen nicht mal wissen, dass ich da bin«, sagte er.
»Das ist prima«, piepste Wanda. »Wenn wir alle gleichzeitig spuken, macht es am meisten Spaß!«
Im Passagierraum bekamen die Menschen gerade Essen und Getränke serviert. Die Gespenster schrumpften sich winzig klein zusammen und flitzten über den Gang und zwischen den Sitzen herum.
»Habt ihr Hunger? Wollt ihr am Essen schnuppern?«, fragte Friedwart. »Ich jedenfalls nicht. Da habe ich eine viel bessere Idee …«
Er flog zu einer hübschen Frau, die auf dem Gang stand und eine blaue Uniform anhatte. Sie lächelte freundlich einem Passagier zu und goss Orangensaft in einen Becher. Friedwart kitzelte sie mal ein bisschen hinter dem Ohr.
»Das ist eine Stewardess«, sagte Wanda zu Golo und tat es Friedwart nach und kitzelte die Frau hinter dem anderen Ohr.

Die ließ den halb vollen Becher genau auf die Hose des Mannes plumpsen.
»He!«, schimpfte der. »Können Sie denn nicht aufpassen?«
Die Wangen der Stewardess liefen rosa an. »Das tut mir wirklich Leid«, entschuldigte sie sich und rannte los, um Tücher zum Abwischen zu holen.
Golo hüpfte vor Vergnügen bis zur Flugzeugdecke und von dort auf den Boden und gleich noch einmal nach oben. »Kommt, das will ich auch versuchen!«
Vor ihm stand ein Steward, der hatte genau wie die Stewardess eine schicke blaue Uniform an. Nur hielt er keinen Orangensaft in der Hand, sondern herrlich dickflüssigen Tomatensaft. Den hatte eine feine Dame im eleganten Kostüm bestellt. Golo fand, dass ein roter Fleck auf ihrem weißen Rock bestimmt sehr nett aussehen würde. Er schwirrte um den Steward herum, stupste abwechselnd gegen seine Augen und kicherte ein leises Gespensterkichern.
Da flitzte die kleinste Nagelfeile heran, die man sich denken kann. Kurz vor dem Popo des Stewards stoppte Wanda und verwandelte sich in ihre

richtige Nagelfeilengröße zurück. Zwar nur für eine einzige Sekunde, aber die reichte, um einmal kräftig zu pieksen.
»Huch!«, rief der Steward, rieb sich mit einer Hand seinen Popo und mit der anderen die Augen. Und der Tomatensaftbecher schwappte über den weißen Rock der feinen Dame und gleich auch über ihre weiße Kostümjacke.
Die Dame sprang auf und begann zu kreischen. »Sie Tölpel!«, schrie sie. »Diese Flecken bekomme ich nie wieder raus. Das werden Sie mir bezahlen!«
»Bitte ... ich weiß gar nicht, wie das passieren konnte ... Selbstverständlich werde ich Ihnen das Kostüm ersetzen ...« Der Steward wischte ungeschickt über die Kostümjacke und der Fleck wurde davon noch größer.
»Nehmen Sie Ihre Finger weg, Sie – Sie Nichtsnutz!« Das Gesicht der Dame verzog sich zu einer bösen Grimasse und auf einmal sah sie gar nicht mehr besonders fein aus.
O ja! Das war ein Spuk, der Golo gefiel! Jetzt sprudelte doch ein etwas lauteres Kichern aus ihm heraus.

»Nun auch noch frech werden und lachen!«, schimpfte die Dame den armen Steward aus.
Da mischte sich ein Passagier aus der Sitzreihe gegenüber ein. »Er konnte wirklich nichts dafür«, sagte er. »Ich habe genau gesehen, dass eine Nagelfeile durch die Luft geflogen ist und ihn gestochen hat.«
Die anderen Gäste im Flugzeug lachten und manche zeigten einen Vogel und die feine Dame zog eine so gruselige Grimasse, dass der Passagier sich nicht traute noch etwas zu sagen.
»Das wird jetzt langweilig. Lasst uns etwas anderes spuken«, schlug Friedwart vor. »Da vorne sitzt ein Junge, den könnten wir ärgern!« Er zeigte auf Marco, der immer noch über den Mann lachte, der diese verrückte Sache mit der fliegenden Nagelfeile erzählt hatte.
Golo schüttelte den Kopf. Das heißt, eigentlich schüttelte sich der ganze grüne Flummi, denn bekanntlich haben Flummis keine Köpfe. »Das ist der Mensch, mit dem ich verreise«, sagte er. »Den habe ich schon geärgert. Ich glaube, das reicht erst mal.«
»Dann kommt mit ins Cockpit zu den Piloten!«,

piepste Wanda. »Dort vorne kann man prima auf die Wolken gucken!«
Golo fühlte sich schon wieder ziemlich schwach, denn für ein müdes, urlaubsreifes Gespenst war es besonders anstrengend, die ganze Zeit so winzig klein zu bleiben. Trotzdem – da musste er mit!
Die beiden Piloten saßen gemütlich auf ihren Sitzen. Sie erzählten sich gerade etwas vom Angeln und einer sagte, dass er am letzten Wochenende einen ganz großen Fisch gefangen hätte.
Merkwürdig, Golo hatte eigentlich gedacht, dass sie immerzu ganz genau aufpassen müssten, damit das Flugzeug auch richtig flog. »Die lenken ja gar nicht«, flüsterte er Wanda zu.
»Brauchen sie auch nicht«, erklärte Wanda. »Manchmal fliegt das Flugzeug fast von alleine. ›Autopilot‹ nennen die Menschen das dann.«
Die Gespenster schwebten über die Pilotenköpfe hinweg bis zur Scheibe.
»Ohhh!«, staunte Golo. »Da unten sind die Wolken. Das wäre fein, wenn wir dort jetzt mittendrin wären!«
»Vielleicht kriegen wir das hin«, kicherte Fried-

wart. »Schließlich kann ich fast so gut fliegen wie ein Pilot!«

Und er sauste zu den kleinen Schaltern vor den Piloten. Das waren viele! Viel mehr als in einem Auto. Heimlich drückte Friedwart auf ein paar Knöpfe.

Da sackte das Flugzeug auf einmal ab und die Wolken kamen schnell näher.

»Hui!«, rief Golo vergnügt.

Weiter hinten im Flugzeug kreischten ein paar Passagiere erschrocken, wenn auch nicht so laut, wie die feine Dame es getan hatte, als der Tomatensaft über sie geschwappt war.

Leider merkten auch die Piloten sofort, dass das Flugzeug auf die Wolken zusteuerte. Genau wie Friedwart drückten sie schnell auf die Knöpfe und schon stieg das Flugzeug wieder höher in die Luft.

»Meine Damen und Herren«, sagte der, der den großen Fisch gefangen hatte, in ein Mikrofon. »Soeben haben wir ein kleines Luftloch durchflogen. Das ist nichts Ungewöhnliches und mittlerweile haben wir wieder unsere normale Flughöhe erreicht.«

»Schade«, sagte Friedwart. »Manchmal dauert es länger. Aber das mit dem Luftloch erzählen sie jedes Mal, wenn ich mit dem Flugzeug spiele.«

Golo fand diese Reise sehr aufregend. Selber fliegen machte Spaß und in einem Flugzeug herumfliegen, das machte sogar doppelt Spaß! Am liebsten wäre er noch viele Stunden vor der Scheibe geschwebt und hätte sich die Wolken angeschaut.

Er war richtig traurig, als der Angler-Pilot nach einer Weile in sein Mikrofon sagte, dass sie nun bald in Griechenland landen würden.

»Dann wollen wir auch mal wieder landen«, piepste Wanda. »In unseren Koffern!«

So flogen ein winziger goldener Schlüsselanhänger, eine noch kleinere Nagelfeile und ein sehr müder grüner Flummi zurück in den Gepäckraum.

Dort hockte die Schimpansin Nika immer noch in ihrem Käfig und schaute ganz griesgrämig aus.

»Bist ja bald in deinem Zoo«, tröstete Friedwart sie, der die Tiersprache verstehen konnte.

Und Nika schnatterte etwas und schaute gleich viel freundlicher drein.

»Vielleicht treffen wir uns mal wieder«, sagte

Wanda zu Golo. »Friedwart und ich sind nämlich oft im Flugzeug unterwegs.«
»Ja, in zwei Wochen ist mein Urlaub vorbei, dann fliege ich wieder nach Hause«, sagte Golo.
»Wir werden dich ganz bestimmt finden!«, rief Friedwart. Und schon war er mit Wanda zwischen den Koffern verschwunden.

Endlich Ruhe!

Ein sehr zufriedener Golo zwängte sich wieder in Marcos Koffer und kuschelte sich zwischen die Anziehsachen. Zwei Minuten später schnarchte er *Schrazahh-schrazüühh* sein leises Gespensterschnarchen.

Er merkte gar nicht, als das Flugzeug landete – und er merkte auch nicht, wie der Koffer aus dem Flugzeug geholt wurde. Golo wachte erst auf, als jemand den Deckel aufklappte.

»Da ist ja mein neuer Flummi!«, freute sich Marco. »Wie ist denn der hier reingekommen?«

»Ich dachte, den hättest du wieder mit in die Schule genommen und dem Kind zurückgegeben, dem er gehört?«, fragte die Mutter.

Marco zuckte mit den Schultern. »Er war auf einmal weg, da hab ich es vergessen.«

»Also schön«, seufzte die Mutter. »Hier in Griechenland können wir sowieso nichts daran ändern. Aber lass ihn lieber im Hotel, sonst verlierst du ihn noch.«

Golo gähnte herzhaft und hätte sich gerne gereckt und gestreckt. Doch Marco stopfte ihn in die Hosentasche und half seiner Mutter, den Koffer auszuräumen.

Wie schade, Golo konnte gar nichts sehen, als die ganze Familie durch das Hotel lief und sich alles anschaute. Aber hören konnte er! Viele Menschen sprachen durcheinander, irgendwo plätscherte Wasser und einmal kreischten zwei Papageien. Und Marco und seine Eltern riefen abwechselnd »Ohh!« und »Ahh!« und »Toll!«.

Dann gab es endlich Abendessen. Marco setzte sich an den Tisch, kramte Golo aus seiner Tasche und legte ihn neben seinen Teller.

Wie wunderbar es nach gebratenem Fisch duftete und nach Salat mit Schafskäse und nach Knoblauch! Golo liebte Knoblauch! Wenn er zu viel davon schnupperte, wurde ihm herrlich schwindlig und dann flog er in Schlangenlinien durch die Luft und musste dabei kichern.

Die Reise im Flugzeug hatte ihn sehr hungrig gemacht. Darum schnupperte er kräftig, bis ihm so schwindlig war, dass er vom Tisch plumpste und zwischen lauter Menschenbeinen hindurchrollte.

Zum Glück war Marco gerade losgegangen, um sich zum Nachtisch Schokoladenpudding zu holen. Darum sah er auch nicht, wie der grüne Flummi im Zickzack durch das Restaurant kullerte.

Da vorne war schon der Ausgang! Golo schwebte an der Wand entlang – und verschwand durch die Tür nach draußen.

Jetzt war er in einer großen Halle. Hier wimmelten viele Hotelgäste herum. Das war ein bisschen gefährlich, denn Golo hatte gerade überhaupt keine Lust zu schrumpfen. Er rollte vorsichtig über den Fußboden und musste aufpassen, dass niemand auf ihn trat. Die Leute achteten nicht auf den Flummi und einmal kam ihm ein großer Männerfuß, der in einer Sandale steckte, ziemlich nahe. Aber dann entdeckte Golo ein tolles Bild, das in einer ruhigen Ecke an der Wand hing. Das musste er sich unbedingt ansehen! Es war nämlich ein Wald darauf zu sehen und Pferde gab es und ein großes Bauernhaus. Das war ein tolles Urlaubsversteck!

Schwups – schlüpfte er zuerst in das Bild und dann gleich ins Haus. Endlich durfte er wieder seine normale Gespenstergestalt annehmen. Das tat gut! Golo stellte sich ans Fenster. Von hier aus konnte er alle Menschen beobachten, die durch die Halle liefen. Aber ihn sah niemand.
Das musste wirklich ein riesiges Hotel sein! Golo zählte alle Kinder und alle Frauen und Männer, die durch die Halle liefen. Und obwohl er genau darauf achtete, dass er jeden nur einmal zählte,

kam er schon bald bei fünfhundert an. Merkwürdig, die meisten Leute hatten feuerrote Nasen und manche hatten feuerrote Arme und ein Mann hatte sogar eine feuerrote Glatze. Ob die Menschen das hübsch fanden? Golo gefiel es gar nicht. Da sahen Marco und seine Eltern mit ihren hellen Nasen und Armen doch viel netter aus!

Die kamen in die Halle, als Golo bis sechshundertundvierzehn gezählt hatte. Marcos Vater hielt einen Beutel in der Hand und bei ihnen war eine Frau vom Hotel. Sie schloss eine Tür gleich neben Golos Urlaubsbild auf. Dahinter war ein Raum mit Wänden voller kleiner Türchen aus Metall.

Wozu die wohl gut waren? Von seinem Versteck aus konnte Golo nicht um die Ecke in den Raum sehen. Er gähnte schon wieder. Eigentlich war er ja viel zu erschöpft von der Reise, aber jetzt wollte er doch herausfinden, was es mit dem Raum auf sich hatte. Er schwebte aus dem Bild, schrumpfte sich mückenklein und sprang rasch auf den Kopf der Hotelfrau, bevor sie den Metalltürchenraum betrat.

»Sie bekommen Safe Nummer fünfunddreißig«, sagte die Frau und schloss ein Türchen auf.

Marcos Vater legte den Beutel in das Fach. »Hier drin sind unser Geld und die Halskette meiner Frau doch viel sicherer aufgehoben als im Hotelzimmer«, sagte er.
»Da haben Sie Recht«, sagte die Frau. »Aus unseren Safes wurde noch niemals etwas gestohlen.«
Sie schloss das Fach wieder zu und gab dem Vater den Schlüssel.
Aha, dies war also auch ein Versteck. Was für ein tolles Hotel! Hier gab es nicht nur Räume für Menschen und ein Bild extra für Reisegespenster. Hier bekamen sogar Geld und Schmuck ein eigenes Zimmer!
Golo hätte sich gerne alle Fächer von innen angeschaut. Wie hatte die Hotelfrau sie genannt? Ach ja: »Safes«. Doch leider schloss sie die anderen Metalltürchen nicht auf. Schade.
»Kriege ich jetzt ein Eis?«, fragte Marco, als sie den Raum wieder verließen.
»Klar«, sagte die Mutter. »Wir bummeln heute Abend ein bisschen durch die Stadt.«
Golo überlegte kurz, ob er mitbummeln wollte. Doch dann beschloss er, lieber ins Bild zurückzuschweben. Denn immerhin war er zum Ausru-

hen nach Griechenland gekommen. Herumfliegen konnte er zu Hause im Museum wieder, wenn der Urlaub zu Ende war. Hier würde er so viel schlafen, bis er sich überhaupt nicht mehr müde fühlte und überhaupt nicht mehr gähnen musste, jawohl!

Das Bauernhaus war beinahe so gemütlich eingerichtet wie Golos Forsthütte. Bestimmt hatten schon viele Gespenster es als Versteck benutzt. In der Küche gab es zwei große Töpfe und alle Zutaten, die Golo zum Kochen seiner ganz besonderen

Gespensterstinke brauchte. Die duftete nämlich lecker nach grünem Tee und Golo liebte alles, was grün duftete. Allerdings konnten nur Gespenster diesen wunderbaren Duft schnuppern. Sobald Golo die Gespensterstinke über einen Menschen schüttete, roch sie wie ein Pups – und zwar wie ein leiser. Und der duftet, wie jeder weiß, für Menschen nicht besonders lecker.

Golo machte sich gleich daran und kochte eine Riesenportion davon. Leider fehlte in der Küche Spezialsalz. Damit ließ sich herrliche, extrastarke Gespensterstinke mixen. Die stank für Menschennasen wie zehn leise Pupse auf einmal! Doch dieses kostbare Salz besaßen nur wenige Gespenster.

Egal, hier im Urlaub musste normale Stinke eben reichen. Golo konnte ja ein bisschen mehr davon ausschütten, wenn jemand dem Bild zu nahe kam.

Er war erst zufrieden, als er beide Töpfe bis oben hin gefüllt hatte. Ein zarter Duft von grünem Tee zog durch das Bauernhaus. Dabei ließ es sich bestimmt prima einschlafen! Bevor er zu Bett ging, spähte Golo noch einmal aus dem Fenster. Draußen war die Sonne längst untergegangen und die Hotelleute hatten die Beleuchtung angeschaltet. Nun liefen nicht mehr so viele Menschen durch die Halle. Gut so, denn heute mochte Golo sowieso nicht mehr spuken. Und bis morgen duftete die Gespensterstinke noch viel leckerer als jetzt. Dann machte es umso mehr Spaß, die Menschen damit zu ärgern!

Auf dem Bett lag eine Decke aus feinstem Gespenstergarn. Es war aus den seidenweichen Spinnfäden einer sehr seltenen Spinnenart gewoben, nämlich der unsichtbaren Pluxspinne. Menschen wussten nicht einmal, dass es diese Spinne überhaupt gab. Aber Menschen wussten von vielen unsichtbaren Dingen nicht, dass sie da waren.

Golo zog sich die Decke über und kuschelte sich ganz darin ein. Gemütlich! Er war sehr müde, aber die Augen wollten ihm trotzdem nicht zufallen. Bestimmt kam das von der ungewohnten Luft in Griechenland oder von der aufregenden Reise im Flugzeug. Golo kicherte, als er an die feine Dame mit dem Tomatensaftfleck dachte.

In der Halle war es inzwischen ganz ruhig gewor-

den, Golo hörte nichts weiter als sein eigenes Kichern.
Aber Moment mal – da waren plötzlich doch wieder Menschenstimmen! Zwei Männer flüsterten genau vor Golos Bild miteinander. Golo hüpfte aus dem Gespensterbett. Eigentlich war er ja nicht neugierig. Na ja, neugieriger als die meisten Menschen schon, aber nicht so neugierig wie die meisten Gespenster!
Die Männer standen vor der Tür zum Geld-und-Schmuck-Versteck und tuschelten immer noch miteinander. Dann zog einer der beiden einen Schlüssel unter seinem T-Shirt hervor und öffnete den Raum.

Golo flog gleich mit hinein und musste sich kaum anstrengen, um zu schrumpfen, es ging fast von allein. Und diesmal hatte er mehr Glück: Die Männer öffneten alle Safes. Sie schauten auch nicht nur hinein, so wie Golo, sondern stopften alles, was darin lag, in große Koffer. So viel Geld und so viel Schmuck! Bestimmt sollten die Männer während der Nacht auf alles aufpassen. Schließlich hatte die Hotelfrau ja erzählt, dass hier noch niemals etwas gestohlen worden war. Nun wusste Golo sogar, warum. Wenn solche starken Männer die Sachen bewachten, dann konnte gar nichts passieren.

Die beiden nahmen die Koffer und gingen damit weg. Die Tür ließen sie offen stehen.

Jetzt konnte Golo so viel in die Fächer schauen, wie er wollte. Aber eigentlich machte es keinen Spaß, weil nichts darin lag. Nach einer Weile hatte er keine Lust mehr, von einem Safe zum anderen zu fliegen, und schwebte zurück in sein Bild.

Freunde? – Logo!

Draußen war es schon lange hell, als Golo endlich einschlafen konnte. Das heißt, er wäre sicher eingeschlafen, wenn nicht plötzlich vor seinem Bild ein furchtbarer Lärm eingesetzt hätte. Dort standen viele Menschen und schrien durcheinander.
Golo taumelte, so schnell er konnte, aus seinem Bett und holte die Gespensterstinke. Es war gar nicht so einfach, die beiden schweren Töpfe zu balancieren ohne etwas zu verschütten. Er riss das Fenster auf und holte aus. Während die Stinke durch die Luft platschte, verwandelte sie sich in Nebel – und schon landete eine ganze Ladung mitten auf den Menschenköpfen.
»Igitt!«, rief eine Frau, die beinahe wie die feine Dame aus dem Flugzeug aussah. »Wer war denn das? Reicht es nicht, dass wir bestohlen wurden? Muss sich hier auch noch jemand derart danebenbenehmen?«

Hatte Golo da richtig gehört? Bestohlen? Ob den beiden Männern die Koffer abhanden gekommen waren? Oje, dann waren womöglich auch das Geld von Marcos Vater und die Kette seiner Mutter weg?

Da kamen sie schon angerannt und mit ihnen so viele andere Hotelgäste, dass bald niemand mehr in die große Halle passte.

Golo konnte ohne zu schrumpfen unbesorgt aus dem Bild schlüpfen. Jetzt achtete keiner auf ihn. Er flog dicht an Marco heran, zielte und landete genau in seiner Hosentasche.

»Was machen wir jetzt bloß?«, schluchzte Marcos Mutter.

»Wenn wir unsere Wertsachen in den Safe legen, dann müssen wir auch sicher sein können, dass er nicht aufgebrochen wird«, sagte der Vater mit ärgerlicher Stimme. »Wir verlangen, dass uns alles ersetzt wird. Und das Gleiche tun bestimmt auch alle anderen, die ein Fach gemietet haben. Das wird ein teures Vergnügen für das Hotel!«

Aufgebrochen? Auf einmal kam Golo ein schlimmer Gedanke, ein sehr schlimmer sogar. Sollten die beiden Männer am Ende gar nicht aufpassen?

Waren sie vielleicht … Diebe? Der grüne Flummi in Marcos Tasche wurde ganz blass. Er hatte den Männern zugeschaut und es nicht verhindert! Er war schuld, dass Marcos Eltern nun kein Geld mehr hatten!
Golo musste etwas unternehmen. Aber was? Ein Gespenst konnte ja nicht zur Polizei gehen und dort melden, dass die beiden Männer die Safes ausgeräumt hatten. Es blieb nur eine Möglichkeit. Golo würde Marco erzählen, was er beobachtet hatte. Das war nicht ganz einfach, denn normalerweise sprechen Gespenster nicht mit Menschen. Aber dies war ein echter Notfall – und in Notfällen ist schließlich vieles erlaubt, was sonst verboten ist.
Golo wartete, bis Marco zur Toilette ging und dort allein war. Dann flog er aus der Tasche und blieb genau vor Marcos Nase in der Luft stehen.
Vor lauter Schreck vergaß Marco, dass er eigentlich sehr dringend mal musste. Er plumpste rücklings auf die Toilettenschüssel und starrte mit offenem Mund den schwebenden grünen Flummi an.
»Hab keine Angst«, sagte Golo. »Ich bin dein Freund.«

»Mein Freund? Ich … ich dachte … du wärst mein Flummi?«, krächzte Marco heiser.
»Bin ich auch, aber noch viel mehr.«
»Das merkt man«, sagte Marco, der noch nie in seinem Leben mit einem fliegenden Flummi gesprochen hatte.
»Komm mit mir zum Spiegel«, sagte Golo. »Dann erkläre ich dir alles.«
Marco fand auch, dass es Zeit war für eine Erklärung. Seltsam, irgendwie fürchtete er sich wirklich nicht. Vielleicht war es ja sogar ganz lustig, einen Flummi wie diesen zum Freund zu haben, der fliegen und dazu auch noch sprechen konnte. Das musste er unbedingt nach den Ferien den anderen in der Schulklasse vorführen! Oder lieber doch nicht? Sonst meldete sich am Ende noch der Junge, der den Flummi in Marcos Ranzen gesteckt hatte, und verlangte ihn zurück.
»Ich fliege jetzt in den Spiegel«, erklärte Golo. »Dann kannst du mich richtig sehen.« Sobald er den Spiegel berührte, tauchte er hinein und nahm seine Gespenstergestalt an. Wie alle freundlichen Gespenster hatte Golo ein ebenso freundliches Gesicht. Das war über und über grün gefärbt und

seine Arme waren es auch und das wallende Gespenstergewand.
Nun bekam Marco seinen Mund vor Staunen überhaupt nicht mehr zu. Das würde ihm niemand glauben! Ob er in Wirklichkeit gar nicht hier im Bad war, sondern in seinem Bett lag und schlief und träumte?
»Du träumst nicht«, sagte Golo und lächelte so nett, wie er nur konnte. »Ich heiße Golo und bin ein echtes Gespenst. Eigentlich zeige ich mich den Menschen nicht, aber dich kann ich gut leiden und ich will dir helfen!«

»Mir helfen?«
Golo nickte. »Genau, denn ich habe die beiden Männer gesehen, die heute Nacht alles aus den Safes gestohlen haben.«
»Oh, das ist toll!«, freute sich Marco. »Wo sind sie?«
»Das weiß ich leider nicht«, gab Golo kleinlaut zu. »Aber wir könnten sie suchen.«
Ein Gespenst, das Marco helfen wollte die Einbrecher zu finden. Wie aufregend! Nur schade, dass er es nicht seinen Eltern erzählen konnte. Aber die würden bestimmt denken, er wäre verrückt geworden.
»Bleibst du jetzt für immer bei mir?«, fragte er.
»Das wäre fein«, sagte Golo. »Aber weißt du, ich wohne in einem Bild, das im Museum hängt, und dort muss ich wieder hin.«
Marco lachte. »Kein Problem. In meinem Zimmer habe ich auch ein Bild. Willst du bei mir wohnen? Dann könnten wir immer zusammen spielen.«
»Geht leider nicht«, seufzte Golo und streckte einen grünen Arm aus dem Spiegel und strich Marco mit seiner grünen Hand über das Haar. »Jedes Gespenst darf höchstens dreihundertneunundneun-

zig Stunden aus seinem Bild fortbleiben. Wenn ich nach dem Urlaub nicht gleich zurückfliege, dann muss ich für immer ein grüner Flummi bleiben.«
»Oh«, sagte Marco nur und erzählte lieber nicht, dass er das auch ganz lustig gefunden hätte. »Dann besuche ich dich eben im Museum.«
»Oder ich besuche dich und wir spielen und ich zeige dir tolle Spuktricks. Also – sind wir Freunde?« Golos grüne Hand schwebte vor Marcos.
Der schlug ein. »Logo! Und jetzt suchen wir die Einbrecher!«

Auf der Jagd nach den Einbrechern

Golo schlüpfte aus dem Spiegel und verwandelte sich zurück in seine Reisegestalt. Mit seinem neuen Gespenster-Flummi-Freund in der Hosentasche rannte Marco zum Frühstück.
»Du warst lange auf der Toilette«, wunderte sich die Mutter. »Und du grinst so seltsam. Hast du etwas angestellt?«
»Ach, Mama«, sagte Marco und grinste noch mehr. »Ich stelle doch niemals etwas an!«
Die Mutter seufzte. »Wenn ich dir das nur glauben könnte.«
Aber da war Marco schon aufgestanden, um sich eine Riesenportion Rührei und eine große Tasse Kakao zu holen.
»Darf ich gleich draußen mit den anderen Kindern spielen?«, fragte er, während er das Rührei in Windeseile hinunterschlang. Es musste ihm unbedingt gelingen, dass er ein bisschen allein war, ohne sei-

ne Eltern. Denn wie sollten er und Golo sonst die Einbrecher finden?

»Na, ich weiß nicht«, sagte die Mutter. »Du kennst doch noch gar niemanden hier. Außerdem wollen wir gleich zum Reiseleiter gehen und besprechen, was wegen des Diebstahls zu tun ist.«

»Lass ihn ruhig«, sagte der Vater. »Hier gibt es ein tolles Programm für Kinder, da kann er mitmachen. Und wir klären inzwischen die Geldangelegenheiten.«

»Also schön. Aber zum Mittagessen holen wir dich wieder ab, Marco.«

»Klar!«, rief er und trank in einem Zug den Kakao aus und gab seiner Mutter einen dicken Kuss auf die Wange.

Am Swimmingpool spielten viele Kinder, als Marco mit den Eltern dort ankam. Das war prima! So würde niemand bemerken, wenn er sich heimlich wegschlich. Er ließ die Füße ins Wasser baumeln und wartete, bis die Mutter und der Vater nicht mehr zu sehen waren. Dann sprang er auf und zog den grünen Flummi aus der Tasche. Er warf Golo hoch in die Luft, fing ihn und warf ihn noch einmal. Dabei schlenderte er langsam Schritt für Schritt vom Swimmingpool weg. *Schwups* – bog er um eine Hausecke.

»He!«, rief Golo. »Mir wird ganz schwindlig!«

»Du bist doch ein Flummi, oder?«, kicherte Marco. Aber er hörte auf, ihn in die Luft zu werfen. Schließlich sollte es Golo nicht schlecht werden. Er musste gut sehen können, um die Einbrecher zu entdecken.

Zusammen spazierten sie durch die Stadt. Das heißt, Marco spazierte und Golo machte es sich bequem und ließ sich tragen.

»Wie sehen denn die beiden Männer aus?«, wollte Marco wissen.

»Einer ist klein und dick und fast schon ein Opa. Der andere ist größer und hat einen Bart. Und beide haben ganz rote Nasen und Gesichter.«

Nun gab es in der Stadt eine Menge kleine, dicke Männer. Es gab auch viele große Männer mit Bart. Manche saßen vor Cafés und ließen sich die Sonne auf den Kopf scheinen, manche kauften gerade ein oder gingen spazieren.

Aber immer wenn Marco flüsterte: »Sind es vielleicht die da drüben?«, dann rollte Golo in seiner

Hand hin und her und das sollte ein Kopfschütteln bedeuten.
Marco lief durch alle großen Straßen und durch alle kleinen Gassen. Nach einer Weile wurden seine Füße ziemlich müde und er setzte sich an einen Brunnen.
»Ich glaube, hier hat es keinen Zweck«, sagte Golo.
Marco rieb sich die Nase, die von der Morgensonne schon Farbe bekommen hatte und ein klein wenig brannte. »Rote Nasen ...«, überlegte er. »Dann machen die Diebe bestimmt auch Urlaub hier. Vielleicht wohnen sie sogar in unserem Hotel?«
Inzwischen war es beinahe Mittag geworden und heiß dazu. Von den Einbrechern gab es weit und breit keine Spur. Also beschlossen die beiden Detektive, im Hotel weiterzusuchen – und machten sich auf den Rückweg.
Zum Glück kamen die Eltern erst nach Marco beim Swimmingpool an, um ihn abzuholen.
»Hattest du Spaß?«, fragte der Vater.
»Bin ganz schön k.o.«, sagte Marco. »Gehen wir nach dem Mittagessen zum Strand?«
»Das machen wir«, sagte die Mutter. »Nach all

dem Ärger tut ein bisschen ausruhen gut. Etwas Geld haben wir jetzt zwar und den Rest bezahlt die Versicherung. Trotzdem – hoffentlich werden die Diebe bald geschnappt!«

»Bestimmt«, sagte Marco und zwinkerte Golo zu. Auf dem Weg zum Restaurant trug er den grünen Flummi in seiner Hand, damit der weiter Ausschau nach den Einbrechern halten konnte.

»Da hast du wohl ein neues Lieblingsspielzeug«, lachte die Mutter. »Aber denk dran, der Flummi gehört dir eigentlich nicht!«

»Ach bitte, darf ich ihn nicht doch mit zum Strand nehmen?«, bettelte Marco. »Ich passe auch gut darauf auf, versprochen!«

»Verboten ist verboten«, sagte die Mutter streng und setzte sich an den Tisch. »Jetzt steck ihn ein, sonst vergisst du ihn am Ende nach dem Essen.«

Seufzend stopfte Marco Golo zurück in die Hosentasche und merkte, wie der sich plötzlich winzig klein machte.

Niemand sah, dass Golo aus der Tasche schlüpfte und ganz nah zum Kopf der Mutter flog. Hier half nur ein Ohrflüster-Spuk, damit er Marco begleiten durfte. Er zielte und flog mit einem Satz zwischen den langen Haaren der Mutter hindurch direkt ins Innere des Ohres. Dabei musste er besonders vorsichtig sein. Er durfte nicht zittern und nirgendwo anecken, damit er die Mutter nicht aus Versehen kitzelte.

Im Museum hatte er diesen Spuk schon mindestens hundert Mal ausprobiert. Kaum war er weit genug im Ohr, da wisperte er: »Marco ist ein braver Junge, er darf den Flummi mitnehmen.« Diesen Satz sagte er noch ein Mal und sogar ein drittes Mal. Dann sauste er wieder hinaus und rasch zurück in Marcos Hosentasche.

Die Mutter kaute ihr Mittagessen und fasste sich ans Ohr. »Weißt du«, sagte sie zu Marco, »ich habe gerade überlegt, dass du doch ein sehr lieber Junge bist. Du passt sicher gut auf den Flummi auf. Also schön, du darfst ihn zum Strand mitnehmen.«

»Hurra!«, jubelte Marco. Jetzt schmeckte es ihm gleich doppelt so gut.

»Hurra!«, jubelte auch Golo leise in Marcos Tasche. Der Spuk hatte gewirkt! Er konnte es kaum erwarten, das Meer und den Sand zu sehen – und hoffentlich die Einbrecher, denn im Hotel hatte er sie noch nirgends entdeckt.

Am Strand wimmelte es nur so von Menschen mit roten Nasen. Marco rieb seine eigene und den ganzen Körper dick mit Sonnenmilch ein, damit er nicht bald ganz genauso aussah.
»Möchtest du auch?«, flüsterte er Golo zu.
Der schnupperte an der Sonnenmilchflasche. »Das riecht ja nach Kokosnuss«, stellte er fest. »Könnt ihr Menschen das etwa auch trinken?«
»Nein!«, rief Marco laut. »Bloß nicht, das ist giftig!«

Seine Mutter setzte sich in ihrem Liegestuhl auf. »Was schreist du denn so? Ist etwas passiert?«
»Ähm ... nö ...«, sagte Marco und lief unter seiner Cremeschicht nun auch ohne Sonne feuerrot an. »Ich habe nur aus Versehen etwas von der Sonnenmilch verschüttet ...«
»Das ist halb so wild«, sagte die Mutter und sank beruhigt zurück auf die Liege.
Marco drehte sich weg und hob Golo dicht an sein Gesicht. »Sonnenmilch kann man nicht trinken«, erklärte er sehr leise. »Sie schützt gegen Sonnenbrand.«
»Dann brauche ich sie nicht«, freute sich Golo. »Gespenster bekommen niemals einen Sonnenbrand. Wir bekommen nur Eiszapfen an den Ohren, wenn es draußen friert.«
»Aber deine Ohren sieht man doch gar nicht«, wunderte sich Marco.
»Darum ist es ja so schlimm mit den Eiszapfen. Die Ohren sind nämlich mitten im Flummi drin.«
»Autsch!«, sagte Marco und verzog sein Gesicht. »Das tut bestimmt weh. Da haben wir ja Glück, dass jetzt Sommer ist.«

Er sprang zwischen den Liegestühlen hin und her und spielte dabei mit Golo. Nur ganz vorsichtig natürlich, damit es ihm nicht wieder schwindlig wurde.
»Und?«, fragte er nach einer Weile. »Sind die Einbrecher hier?«
»Nein«, flüsterte Golo enttäuscht.
»Dann schauen wir mal am Wasser!«, rief Marco und rannte los, bis ihm die Wellen um die Beine schwappten.
Es war ein heißer Tag, die Sonne brannte vom Himmel. Darum tummelten sich viele Leute im seichten Meer. Doch sosehr sich Golo auch anstrengte und gegen die Sonnenstrahlen blinzelte, die Diebe konnte er einfach nicht entdecken.
Stattdessen kamen plötzlich zwei Jungen auf Marco zu. Sie waren viel größer als er, bestimmt schon zwölf oder sogar dreizehn Jahre alt.
»Hallo«, sagte Marco und lachte freundlich.
Die Jungen lachten auch, aber dabei schauten sie gar nicht freundlich aus. Einer nahm eine Hand voll Wasser und bespritzte Marco damit. »Toller Flummi!«, sagte er. »Gib ihn mir!«
Golo brummte ärgerlich. Menschen, die absicht-

lich mit Wasser spritzten, konnte er nicht ausstehen.
»Das ist meiner!«, sagte Marco und hielt Golo ganz fest.
Leider waren die Jungen stärker als Marco. Einer packte ihn am Arm und der andere riss ihm einfach den Flummi aus der Hand.
»Zwei gegen einen ist feige!«, grollte Golo.
»Hast du was gesagt, du Zwerg?«, fragte der Junge, der Marco den Flummi weggenommen hatte. Er grinste frech und wollte mit Golo davonlaufen.
Marco war so erschrocken, dass er sich nicht von der Stelle rühren konnte. Aber Golo konnte sich rühren! Und wie! Ein grünes Gespenst ließ sich nicht einfach von fremden Jungen mitnehmen und schon gar nicht von solchen, die seinen Freund Marco ärgerten, nein, nein!
Golo überlegte einen Moment und dann beschloss er einen Verwandlungsspuk zu wagen. Der war eigentlich verboten, wenn so viele Menschen in der Nähe waren, die sich davor erschrecken konnten. Egal! Hier am Meer gab es bestimmt keine Gespensterjäger, die Golo entdecken würden. Außerdem würde der Spuk nicht lange dauern.

Er strengte sich an, flog dem Jungen aus der Hand, zitterte in der Luft – und verwandelte sich in einen großen grünen Hai mit spitzen Zähnen.
Der Fisch schlug mit der Schwanzflosse wütend aufs Wasser und schnappte nach dem einen Jungen.
»Hilfe! Ein Hai!«, schrie der und vergaß sofort den Flummi. So schnell er konnte, rannte er aus dem Wasser – und der andere Junge hinterher.
Die Leute sahen sich entsetzt um. Golo verwandelte sich zwar augenblicklich zurück, doch man-

che hatten noch die grüne Flosse gesehen. Schon schrien alle durcheinander und liefen aus dem Wasser, damit der Hai sie nicht erwischen konnte. Nur Marco kicherte und hob Golo aus dem Wasser. »Du bist ein toller Freund«, sagte er stolz. »Der beste, den ich kenne!«

Drachenspuk

Am Abend fühlte sich Golo ziemlich schwach. Er wollte doch Urlaub machen und keine anstrengenden Spuktricks. Aber wenn ein grünes Gespenst sich etwas in den Kopf setzt, dann gibt es nicht eher auf, bis es Erfolg hat. Darum würde Golo erst wieder schlafen, wenn er die Einbrecher endlich gefunden hatte!

»Bleibst du heute Nacht in meinem Zimmer?«, fragte Marco.

Golo rollte in seiner Hand hin und her. »Ich muss Wache halten«, sagte er. »Komm, wir gehen in die große Halle, dann zeige ich dir etwas.« Er ließ sich bis zu dem Bild mit dem Bauernhaus tragen. »Hier ist mein Hotelzimmer«, erklärte er und schwebte in das Bild. Im Haus angekommen schaute er aus dem Fenster und winkte Marco zu. »Wenn die Diebe vorbeikommen, sage ich dir gleich Bescheid«, versprach er.

Doch die Diebe kamen nicht wieder. Warum auch, die Safes waren ja jetzt alle leer. Sie kamen auch nicht in der nächsten Nacht und nicht in der übernächsten. Um nicht einzuschlafen, kochte Golo viele Töpfe voller Gespensterstinke und schüttete sie über jedem aus, der seinem Bild zu nahe kam. Einmal erwischte er sogar Marcos Mutter, die sich wunderte, warum Marco spät am Abend noch vor dem Bild stand.

»Puh!«, sagte Marco und verzog die Nase. »Hier stinkt es aber furchtbar nach Pupsen!«

»Du meine Güte!«, rief die Mutter und schämte sich und überlegte, ob sie wohl zu viel Schafskäse gegessen hatte.

Marco und Golo verbrachten jetzt jeden Tag zusammen und suchten nach den Einbrechern. Im Hotel, in der Stadt und am Strand. Nachts, wenn die Hotelgäste schliefen, schlüpfte Golo heimlich durch die Schlüssellöcher in alle Hotelzimmer. Er schwebte zu den Betten und schaute nach, ob die Diebe vielleicht darin lagen und schnarchten. Doch ohne Erfolg, sie blieben verschwunden.

Marco merkte, dass Golo immer stiller und seine grüne Farbe immer blasser wurde. »Schlaf lieber wieder mehr, sonst wirst du noch krank«, sagte er besorgt. »Ich glaube, es hat keinen Zweck, wir finden sie nicht.«

»Aber ich muss sie finden«, seufzte Golo. »Ich bin doch schuld, ich habe einfach nur zugesehen, als alles gestohlen wurde.«

»Du kannst nichts dafür«, tröstete Marco ihn und strich sanft über den grünen Flummi. »Wenn du gewusst hättest, dass es Einbrecher sind, dann hättest du sie bestimmt mit einem Spuk verjagt, oder?«

Golo überlegte. »Genau wie die beiden Jungen, die dich geärgert haben.«

»Dein Verwandlungs-Spuk war klasse!«, sagte Marco und musste kichern. »Vor einem großen grünen Hai wären die Einbrecher auch davongelaufen. Oder vielleicht vor einem grünen Wolf oder vor einem riesigen grünen Bären?«

Jetzt fing auch Golo endlich wieder an fröhlich zu lachen. »Wie gefällt dir ein grüner Drache?«

»Kannst du so etwas?«, staunte Marco.

Der grüne Flummi in seiner Hand war auf einmal wieder hellwach und hüpfte vor Vergnügen. »Klar kann ich das! Gespenster können alles, was sie

wollen. Ich darf mich nur eigentlich nicht verwandeln.«
»Bitte, bitte ... nur ein Mal ...«
»Na schön, weil du mein Freund bist«, sagte Golo, der Marco gerne zeigen wollte, welche Spuktricks er konnte. »Wir müssen uns aber verstecken.«
Draußen wurde es allmählich dunkel. Marco schlich in den Hotelgarten. Hier gab es mächtige alte Bäume, zwischen denen sie niemand beobachten konnte.
Golo sprang aus Marcos Hand, sauste hoch in die Luft und ließ sich langsam niedersinken. Dabei wuchsen ihm ein langer Drachenschwanz, ein schuppiger Drachenkopf, vier krumme Drachenbeine mit Klauenfüßen und schließlich ein runder Drachenkörper mit Flügeln dran.
»So einen kleinen Drachen habe ich noch nicht gesehen«, lachte Marco.
»Dann warte mal ab«, grunzte der Drache. Als er auf dem Rasen angekommen war, blähte er sich auf, bis er fast an die Baumkronen reichte. »Setz dich auf meinen Rücken!«, rief er mit tiefer Drachenstimme.

Zuerst traute Marco sich nicht recht, aber der Drache beugte seinen Hals zu ihm herab und lächelte ihm aufmunternd zu. Also kletterte Marco zwischen die Flügel und klammerte sich an den Schuppen fest.

Golo hob vom Boden ab und schwebte zwischen den Bäumen. Ein gewaltiger Feuerstrahl schoss aus dem Drachenmaul und verbrannte das Gras.

»Megaklasse!«, rief Marco und klatschte in die Hände. »Lass uns eine Runde über das Hotel drehen!«

»Ich kann nicht, bin einfach zu müde«, brummte der Drache. Er landete und verwandelte sich mit einem lauten *Plopp* zurück in den grünen Flummi.

Das wird knapp

So müde Golo auch war, die Augen wollten ihm während des ganzen Urlaubs nicht mehr zufallen. Die Wochen in Griechenland vergingen wie im Flug und schon bald packte Marcos Mutter die Koffer. Ein Taxi brachte die ganze Familie zum Flughafen. Diesmal musste sich Golo nicht in den engen Koffer zwängen. Er saß bequem zwischen Marcos Fingern und betrachtete erstaunt die vielen Menschen, die durch den Flughafen liefen.
Aber was war das? Wer schlenderte denn da auf einmal seelenruhig neben ihnen her?
»Das sind sie!«, rief Golo. »Sie haben sogar die Koffer dabei, in denen das Geld und der Schmuck versteckt sind!«
Marco sah den kleinen, dicken Mann und den großen Mann mit dem Bart und verstand sofort. »Papa, Papa!«, rief er laut und zeigte auf die beiden. »Diese Männer sind die Diebe!«

Der Vater sah Marco an und glaubte ihm natürlich kein Wort. Woher sollte Marco denn wohl die Diebe kennen? Er wollte gerade anfangen zu lachen, aber da rannten die Männer, die Marco gehört hatten, los, als ob ein ganzer Schwarm Wespen hinter ihnen her wäre.

Golo sprang aus Marcos Hand und verfolgte die beiden. Ganz kurz nur blähte er sich auf, bis er so groß war wie ein Fußball, und sprang den Männern zwischen die Füße. Die stolperten, ließen die Koffer los und fielen hin.

Zum Glück standen ein paar Flughafenpolizisten ganz in der Nähe.

»Haltet die Diebe!«, rief Marcos Vater.

Die Männer wollten sich wieder aufrappeln und weiterlaufen, doch da waren die Polizisten schon bei ihnen. Und als sie die Koffer öffneten, quoll das ganze Diebesgut heraus. Die Menschen im Flughafen klatschten Beifall, als die Diebe verhaftet und abgeführt wurden.

In diesem Moment ertönte aus den Lautsprechern: »Letzter Aufruf für Flug Nummer 583 nach Frankfurt.«

»Oje!«, sagte Marcos Mutter. »Wir verpassen unser Flugzeug.«

»Macht nichts, dann nehmen wir eben das nächste«, antwortete der Vater gut gelaunt. »Jetzt gehen wir erst mal zur Polizei, damit du bald deine Kette zurückbekommst!«

»Macht wohl etwas«, flüsterte Golo Marco zu. »Wenn ich nicht rechtzeitig zurück ins Museum komme, bleibe ich für immer ein grüner Flummi ...«

Die Zeit wurde knapp, denn wer wusste schon, wann sie dann zurückfliegen würden. Dreihundertneunundneunzig Stunden, Golo durfte nicht eine einzige Minute länger aus seinem Bild fortbleiben!

Eigentlich fände Marco es ja ganz lustig, wenn Golo ein Flummi bliebe. Aber er sah, dass sein Freund sich große Sorgen machte. »Du musst allein nach Hause fliegen!«, sagte er.

Golo zeigte nach draußen. »Wie soll ich das richtige Flugzeug finden?«

Auf dem Rollfeld standen gleich sechs davon, jedes mit einem anderen Ziel. Wenn er in das falsche stieg und vielleicht in England oder sogar in Japan ankam, dann schaffte er es auf keinen Fall rechtzeitig. Dann war es aus mit Spuktricks und er konnte sich nie wieder verwandeln.

»Du kriegst das hin, beeil dich!«, rief Marco – und Golo sauste los.

Vier der Flugzeuge sahen nicht aus, als ob sie gleich abfliegen würden. Aber an zweien standen große Treppen und es stiegen Menschen ein. Welches davon war bloß seins?

Golo konnte schließlich nicht zu einer Stewardess

schweben und sagen: »Entschuldigen Sie bitte, ich sehe zwar aus wie ein Flummi, aber ich bin ein Gespenst und will nach Frankfurt. Bin ich bei Ihnen richtig?« Nein, so würde er nie nach Hause kommen.

Also flog er von einem Flugzeug zum anderen, hin und her, immer schneller, bis ihm ganz wirr im Kopf wurde. Er konnte sich einfach nicht entscheiden.

»Brauchst du etwa Hilfe?«, fragte eine tiefe Stimme hinter ihm.

»Friedwart!«, rief Golo überglücklich.

Der Schlüsselanhänger lachte. »Wanda ist längst im Flugzeug, wir sollten sie nicht warten lassen.«

Golo und Friedwart flitzten wie zwei winzige Blitze ins Flugzeug, gerade noch, bevor die Stewardess die Tür zuklappte.

Wanda wartete schon im Gepäckraum auf sie. »Das war knapp!«, piepste die Nagelfeile. »Wo wart ihr so lange?«

»Dieser grüne Flummi hier hatte keine Ahnung, in welches Flugzeug er einsteigen sollte«, erklärte Friedwart.

Golo sank auf eine Kiste und trullerte erschöpft darauf herum. »Wenn Friedwart mich nicht abgeholt hätte, dann wäre alles aus gewesen«, seufzte er.

»Kein Problem«, lachte der. »Wir haben dir doch gesagt, dass wir dich wiederfinden.«

»Wo ist denn der kleine Mensch, der mit dir verreist ist?«, fragte Wanda neugierig. »Er kennt doch bestimmt das richtige Flugzeug?«

Golo seufzte noch einmal, gespenstertief und ganz laut. Er seufzte so sehr, dass er von der Kiste

plumpste und müde auf dem Boden liegen blieb.
»Das ist eine lange Geschichte«, sagte er und erzählte den Reisegespenstern alles über Marco und die Diebe und seinen schlaflosen Urlaub in Griechenland.
»Du hast die Diebe gefangen, darauf kannst du wirklich stolz sein«, sagte Wanda.
Aber das hörte Golo schon nicht mehr. Er war gegen die Kiste gekullert und hatte angefangen zu schnarchen.

Im Museum ist's gemütlich

»Aufwachen, Schlafmütze!« Wandas Stimme schlich sich mitten in Golos schönste Gespensterträume.

Er gähnte herzhaft. »Gönnt mir ein paar Minuten Ruhe. Spukt allein durchs Flugzeug, ich kann nicht mehr.«

»Gespukt haben wir längst«, sagte Wanda und kicherte. »Jetzt landen wir gerade.«

»Wie? Was?« Mit einem Mal war Golo hellwach. Hatte er etwa den ganzen Flug verschlafen? Dabei kam es ihm vor, als wäre er eben erst eingenickt. Tatsächlich, schon holperte das Flugzeug über die Rollbahn. Und es dauerte nicht lange, bis es zum Stehen kam.

»Da werden wir also mal in unsere Koffer hüpfen«, sagte Friedwart. Gleich geht es nach Hause.«

Nach Hause ... Golo freute sich auf sein Forsthaus auf dem Bild im Museum. Dort war es viel gemütlicher als im anstrengenden Urlaub! Aber Moment mal – es gab ja gar keinen Koffer, in den er schlüpfen konnte. Und wie sollte er vom Flughafen zum Museum finden?

Friedwart und Wanda konnten ihm jetzt nicht mehr helfen. Sie verabschiedeten sich rasch und versprachen, Golo sehr bald einmal zu besuchen. Dann zwängten sie sich zwischen die Kofferberge, die im Gepäckraum gestapelt waren – und waren verschwunden.

Als Golo aus dem Flugzeug schwebte, regnete es in Strömen. Dabei hasste er nichts mehr als Wasser! Es nützte nichts, er musste los, mitten durch die prasselnden Tropfen.

»Warum habe ich mir nicht einen Regenschirm als Reisegestalt ausgesucht?«, überlegte er. Ach nein, ein Regenschirm wurde genauso nass wie ein Flummi, er schützte ja nur die Leute, die darunter standen. »Da bleibe ich lieber so, wie ich bin, und fliege so schnell, wie ich kann!«, rief Golo laut und sauste über das Flughafengebäude.

Davor standen in einer langen Reihe viele Taxis. Und plötzlich kam Golo eine prima Idee. Ein Fahrer half nämlich gerade einer alten Dame beim

Aussteigen. Als er fertig war, landete ein winzigkleiner, nasser Flummi in seinem Ohr.
Der Taxifahrer schüttelte sich. »Scheußliches Wetter«, brummte er und stieg schnell wieder ins Auto.
»Fahr nach Grafenstein, zum Museum«, flüsterte Golo ihm zu. »Nach Grafenstein ... nach Grafenstein ... zum Museum.«
Ohne lange zu überlegen startete der Taxifahrer den Motor und fuhr los.
Zur Sicherheit blieb Golo im Taxifahrerohr und sagte den Satz wieder und wieder. Zweimal fasste der Mann sich an sein Ohr. Aber zum Glück bohrte er nicht mit dem Finger darin herum.
Irgendwann – Golo war schon ganz heiser – hielt das Taxi an. Golo schlüpfte rasch aus dem Ohr. Lange hätte er es nicht mehr ausgehalten, so klein wie ein Staubkörnchen zu sein. Und ganz heiß geworden war es ihm auch.
»Was tue ich hier überhaupt?«, wunderte sich der Taxifahrer.
»Du bringst mich nach Hause«, sagte Golo ernst. Und als der Fahrer erschrocken die Tür aufriss, flitzte er schnell ins Freie.

Das Museum! Genau vor ihm ragte es auf und sah so aus wie immer. Nichts wie hinein!
Golo war zu erschöpft zum Fliegen. Er rollte dicht an den Fußleisten entlang über den Boden. Durch den ersten Raum, den zweiten und dritten – und endlich war er wirklich zu Hause. Dort hing sein Bild! Mit letzter Kraft erhob sich Golo in die Luft und tauchte hinein. Er fiel in sein Bett und verwandelte sich in ein Schlafgespenst.
Drei Tage lang schlief er und schlug nicht ein einziges Mal die Augen auf. Er hörte nicht den Museumsdirektor, der im Nebenraum Sachen aufstellte und ein neues Bild aufhängte. Er hörte auch nicht die Besucher, die vor den Bildern stehen blieben. Erst als eine Stimme »Golo! Golo, wo bist du?« rief, sprang er mit einem Satz munter und spukig aus dem Forsthaus.
»Hallo Marco!«, freute er sich und winkte heftig, damit sein Freund ihn entdeckte.
»Du bist noch ein richtiges Gespenst, du hast es geschafft!« Marco hüpfte begeistert vor dem Bild hin und her.
»Klar«, sagte Golo. »Gespenster kriegen alles hin,

das weißt du doch. Habt ihr denn auch alles hingekriegt?«
Marco nickte. »Und ob. Mama hat ihre Halskette zurückbekommen und die Einbrecher sitzen im Gefängnis.«
»Dann kann ich dir ja jetzt in aller Ruhe ein paar Spuktricks zeigen«, lachte Golo.
In diesem Moment kam der Museumsdirektor vorbei. »Mit wem sprichst du denn da?«, fragte er Marco.

Der grinste nur. »Ach, ich schaue mir dieses Bild an. Toll, dass es hier hängt!« Er zwinkerte Golo zu – und der zwinkerte zurück.

Joachim
Friedrich
CARLSEN
Auch Hexen
brauchen
Ferien